KB210330

나에게서 내리고 싶은 날

박후기 글 · 사진

문학세계사

박후기 시인

〈시〉 열 살 무렵부터 시 쓰기를 즐겼다. 그것은 아마도 문학에 미친 형제들 탓이었을 확률이 높다. 《작가세계》 신인상으로 등단했고, 『종이는 나무의 유전자를 갖고 있다』(실천문학사),『내 귀는 거짓말을 사랑한다』(창비) 등 두 권의 시집을 냈다. 첫 시집으로 〈신동엽문학상〉을 수상한 바 있다.

〈사진〉 열네 살, 무슨 상을 받게 된 아버지 사진을 찍기 위해 처음 카메라를 손에 쥐어보았다. 작고 귀여운 올림포스였다. 필름 끼우고 찍고 돌리며, 소년은 마치 그것이 기억이 감기는 것 같다는 생각을 했다. 이후, 늘 기억을 감아 돌리고 있다.

박후기 사진산문집

나에게서 내리고 싶은 날

초판 1쇄 발행일 2013년 12월 14일
초판 2쇄 발행일 2014년 12월 10일

지은이 · 박후기
펴낸이 · 김종해
펴낸곳 · 문학세계사
주소 · 서울시 마포구 신수로 59-1(121-856)
대표전화 · 02-702-1800, 팩시밀리 · 02-702-0084
mail@msp21.co.kr | www.msp21.co.kr
페이스북 www.facebook.com/munsebooks
출판등록 · 제21-108호(1979.5.16)

값 13,000원
ISBN 978-89-7075-576-2 03810

나에게서 내리고 싶은 날

|차 례|

1 제8요일을 향해 가다

2 사랑의 물리학

3 작약을 만지고 싶다

4 사랑은 돌 한 덩이, 혹은 섬 하나

1
제8요일을 향해 가다

좁은 문

처음에, 모든 입구는 좁다.

병의 입구는 좁다. 우리 마음도 좁은 병의 입구와 다르지 않아 처음에 사랑이란 감정이 마음속으로 들어가기까지 무척이나 힘들다.

그런데 한 번 들어간 사랑의 감정이 밖으로 빠져나오는 것은 의외로 쉽다. 병 속에 물을 붓는 것은 잠시라도 집중하는 정성 없이는 불가능한 일이지만, 병 속에 든 물을 버리는 것은 얼마나 쉬운가.

사랑의 입구도 좁다. 좁은 문으로 들어가기 위해서는 허리를 숙이거나 몸을 낮추어야 한다. 그 고개 숙인 마음을 사랑이라고 하자. 문의 크기보다 더 작은 집은 없으므로, 우리가 좁은 문으로 들어갈 때의 자세를 생각한다면 집이나 방의 크기는 아무런 문제가 될 수 없다.

그러나 우리의 마음이 자꾸 큰 집으로 옮겨 갈 때, 덩달아 채워야 할 것들도 많아진다.

언제나 우리 앞에 서 있는 생이라는 기적, 언젠가는 사라지겠지만 그 전까지 당신도 당신의 사랑도 존재 그 자체로 기적이 아닐 수 없다.

늙기 전에, 늦기 전에

단지 방이 작아서 집을 바꾸는 것은 아닐 것이다. 살다 보니 작은 게 불편해져서 집을 바꾸게 되는 것인데, 그 모든 작은 게 불편한 것은 아니다.

혼자 사는 사람에게는 큰 집보다 작은 집이 안락할 것이며, 둘이 살더라도 살갑게 살을 맞대고 이야기를 나눌 수 있는 공간이면 적당하지 않겠는가.

그런데 우리는 어느 시점부터 '살다 보니까' 라는 핑계 아닌 핑계를 갖다 붙이기 시작한다. 남녀 간의 관계에 있어서 더욱 그러하다. 처음부터 불편했던 게 아니라, 시간이 흐를수록 불편해지고 불만족스러워진다는 사실이 이 말 속에 숨어 있다.

'살다 보니까' 라는 말, 그것은 '한때 작은 방에 가득 차고도 남았던 사랑이었으나, 이제 당신과 나의 방은 자꾸만 넓고 넓은 바닷가 같아요.' 라는 말과 다르지 않다.

가까워지려 할수록 자꾸 멀어지는 사람이 있을 때, '살다 보니까' 란 말은 결코 문제의 답이 될 수 없다.

더 늙기 전에, 더 늦기 전에 들판에 아주 작은 방 하나를 얻고 싶다.

사람들과 가까워지거나 멀어질 필요 없이, 나무들처럼 적당한 간격으로 서서 작은 방 안으로 해를 맞이하고 바람을 불러들이고 싶다.

해 저무는 들판에 서서 마침표 없는 허밍으로 휘이휘이 월세를 지불하고 싶다.

염전 소금 창고의 함석지붕이 낡았다고 해서 지난 여름의 열기를 모르는 것은 아닐 것이다. 어찌, 기별도 없이 갑자기 찾아와 방문을 두드리던 소나기의 구애를 잊을 수 있을까?

외롭다고 아주 사랑을 버리진 말자.

저 태양이 낡고 늙어서 단 하루라도 떠오르지 않은 적이 있던가?

우리 몸의 가장 깊은 곳

자작나무 은색 얇은 껍질엔 기름 성분이 들어 있어 불쏘시개감으로 좋다. 비에 젖어도 불을 붙이면 잘 타오르므로, 눈 덮인 벌판이나 젖은 곳에서 밑불용으로 이만한 것도 드물다.

자작, 자작 소리를 내며 타들어간다 해서 붙여진 이름이라기에, 자작나무 장작에 불을 붙이고 귀를 기울인 적도 있었다. 내 귀엔 자작거리기보다는 지직거리는 소리로 들렸다.

나는 불을 피울 때마다 불타는 소리를 듣는 버릇이 있다. 나무들은 겉은 마른 것 같아 보여도 속은 젖어 있는 경우가 많아 타오를 때 끓는 소리를 내곤 한다. 나는 그것을 나무의 신음 소리라고 생각했다. 메마른 나무에게도 눈물이 남아 있었던 것이다.

사람도 늙어갈수록 몸 안의 수분이 빠져 나간다. 입 안의 침이 마르는 것은 물론이고, 땀도 잘 흐르지 않게 되고 몸에 난 모든 구멍이 건조해지는 것이다. 점점 뼈와 가죽만 남게 되는 것인데, 이상하게도 노인들의 눈망울엔 언제나 그렁그렁하게 눈물이 고여 있다.

아주 가물어 샘이나 저수지가 마를 때, 가장 나중에까지 물이 남아 있는 곳이 그 샘과 저수지의 가장 깊은 곳이다. 그러한 이유로, 나는 우리 몸의 가장 깊은 곳을 눈이라고 생각한다.

산다는 것은 버티는 것

더 이상 일을 할 수 없을 때, 나이 드는 게 못내 서럽게 여겨지는 날이 있다. 몸이 아프거나 자신의 능력이 부족하다고 여겨질 때도 그러하지만, 겉보기에 남부럽지 않은 삶을 살아가는 사람 또한 나름대로 오늘을 살아가는 형편이 억울하다 느껴질 때가 있는 것이다.

그럴 때마다 사람들은 생각한다. 그 많은 사람 중에서 왜 하필 나에게 암이라는 불행이 찾아온 것일까? 세상은 왜 단 한 번도 남을 속인 적이 없는 나를 속이는 것일까?

암(癌)은 법을 모르고, 세상은 당신을 모른다. 어차피 빚을 내 다시 몇 해를 견뎌야 한다면, 어느 바람 좋은 날 하루 시간 훌랑 빚을 얻어 안동에 있는 병산서원엘 다녀오는 것도 좋겠다.

병산서원에 가서 만대루를 지탱하고 있는 스물네 개의 기둥을 만나보라. 하나 같이 갈라지고 이지러졌으나 묵묵히 세월을 떠받치고 있는 만대루 기둥을 보면 무너진 당신 가슴 속에도 기둥 하나쯤 세울 수 있을 것이다. 그 기둥에 의지해 얼마간 버틸 수 있을 것이다.

만대루 기둥처럼 당신 몸뚱어리가 기둥이다. 살아간다는 것은 버티는 것이다. 직장이 당신을 버리고 건강이 당신을 버려도 당신마저 당신을 버리지는 말자.

문득, 한 생애가 뜬금없이 지났다는 생각이 들거들랑 더 늦기 전에 만대루 늙은 기둥을 만나러 가자.

제8요일을 향해 가다

아현동 굴레방다리를 지나며, 마렉 플라스코의 소설「제8요일」에 대해 생각한다. 내가 한 번도 가본 적 없는, 굴복당한 바르샤바의 거리. 자유를 빼앗긴 폐허 속에서 목요일 낮부터 일요일 밤까지 함께 머물기를 갈망하는 남녀. 그리고 이들의 사랑을 가려 줄 벽(壁)이 있는 방에 대해서.

월, 화, 수, 목, 금, 토, 일. 7요일 속에서 얻을 수 없었던 그들의 사랑은 세상 어디에도 없는 제8요일에나 가능했을 것이다.

"사랑을 나눌 수 있는 방이 필요해요."

이 말은 단지 소설의 1장이 아니라, 사랑의 1장을 의미한다. 함께 있을 수 없다는, 불안과 분리로부터 사랑은 시작되는 것이므로.

사랑하는 사람들에겐 모텔에서의 3시간이 아니라, 그 어디에도 없지만 언제나 함께 머무를 수 있는 제8요일이 필요한 것인지도 모른다.

저 아현동 고개 너머 어디쯤엔가 우리들의 8요일이 있을 것이므로, 가보는 거다. 걸음이 닿는 데까지, 시간이 허락할 때까지.

지는 태양은 붉지만 고개 위의 신호등은 아직 파란불이지 않은가.

비극은 밖에만 있는 것 같지만, 바람이 열린 문틈을 비집고
스며들듯 그렇게 우리의 방 안을 흘러 다닌다.

인간의 방

나는 가끔 문 밖에 서 있고 싶을 때가 있다. 봉인된 내 안(內面)을 들여다볼 수 없을 때, 밖이라면 외연이나마 벽에 둘러싸인 내가 확연하게 보이기 때문이다.

전보를 치던 시절, 말을 아끼며 동생의 부고를 적어 최대한 빠르게 비극을 전달하려는 아버지의 노력처럼, 계절은 우리 앞에 왔다 갈 때마다 말없이 초조하다.

"삼촌이 죽었구나, 연락 다오."

공부를 해야 한다는 말은 언제나 핑계였다는 것을 나도 아버지도 모르지 않았다. 아버지는 언제나 밖에서 살았고 나는 언제나 방 안에서 문 밖의 비극을 엿보았다. 밖은 위험한 곳이라고 처음 내게 알려준 사람은 아버지였으나, 어머니 자궁 문을 열고 처음 밖으로 나선 것은 나였다.

사실, 위험한 곳은 밖이 아니라 안이다. 그 모든 비극이 잉태되는 곳, 아마도 신의 뜻이 제대로 미치지 않는 영역이 있다면 그곳은 바로 인간의 방(房)일 것이라는 생각이 들었다.

남부터미널
16:15
17:00
17:45
18:30
19:15
20:00
20:45
20회

예산
청주
안양직통
소
서울(직통)예매
표파는곳
논산
강경
삼흥고

꿇진 말자고 말하는 감정

원정 경기라는 말 속에는 왠지 모를 고달픔 같은 것이 담겨 있다. 겉보기 화려한 스포츠보다는 아무도 알아주지 않는 아마추어 경기나 프로 2부 리그의 원정 경기가 더욱 그러하게 느껴진다.

삶을 스포츠에 비유하는 것이 나쁜 것은 아니지만, 고통을 즐기라는 말은 그다지 좋은 충고는 아니다.

사는 게 원정(遠征)이다.

아침에 일어나 대문을 나서면서부터 당신은 일을 찾아 하루 종일 혹은 며칠씩 원정을 가야 한다. 우리는 '그것이 인생' 이라고 말한다.

집으로 돌아오기 위해서는 살아남는 게 중요하다. 이기고 지는 것은 사실 그 날의 컨디션이 결정하는 것은 아니다.

매를 맞아주기 위해 끝없이 링 위에 오르는 스파링 파트너의 심정을 이해해야 한다.

한낮의 시외버스 버스터미널, 나는 어딘가로 떠나는 사내 곁에 앉아 있었다. 초여름이었고, 사내는 대학 시간 강사였다. 이 일도 오래 못할 것 같다고, 이러다가 길 위에서 생이 끝날 것 같다고 그가 말했다.

가방은 두툼했고 그만큼 무거워 보였다. 그가 의자에 앉았다 다시 일어나기를 반복했다. 이러지도 저러지도 못할 때, 사람들은 앉았다 일어나기를 반복하는 것 같다는 생각이 들었다.

어떤 식으로든 살아남아야 한다면, 이왕 떠나야 하는 원정이라면 짐을 꾸리듯 마음도 꾸리자. 짐을 꾸리고 살림을 꾸리는 일은 기쁘고 또 서글프지만, 꾸린다는 말은 살짝 비장감이 스며 있어 좋다.

남루 몇 벌, 다짐 한 주먹, 좌우명 한 줄 꾸리고 가자.

꾸리자, 꾸리자.

그러나 꿇진 말자고 말하는 감정이 버스를 기다린다.

아직 얼굴이 붉어진다는 것

서른 지나 마흔, 그리고…….
나는 어느덧 생의 뒤편에서 정물이 되어가는 나이를 지나고 있다.

아는 사람 몇은 속이 썩어 바닥으로 툭 떨어지고, 또 몇은 병을 얻어 부은 얼굴을 하고 가을 속으로 떠났다.

아, 두 번 다시 올 수 없는, 당신 얼굴에 홍조가 물드는 시절이다.
남모르게, 아직 얼굴이 붉어진다는 것은 얼마나 행복한 일인가.

"비스듬히 스며드는 가을빛이 좋구나."
병실에 누운 친구가 내게 말했다.
우리는 겨우 살면서, 스치는 하오의 남루를 즐긴다.

만남과 이별의 경계, 길

산길을 걷다 보면 종종 무덤을 만나게 된다.

사람들은 산 아래에서 온 생을 걷다가 죽고 난 후에야 비로소 산 속에 돌아와 혼곤히 눕곤 하는 것이다. 살아서 뒤돌아봄 없이 걷다가 죽은 뒤에 지나온 길을 내려다보는 죽은 이의 그리움은 뒤늦게 부풀어올라 해마다 봉분과 함께 산 아래로 흘러내린다.

사람에게도 둘레길이 있다.

우리의 삶도 결국 누군가의 곁을 돌고 돌다가 어느 날 홀연히 사라진다. 지구가 태양의 둘레를 돌고 도는 것처럼, 달이 지구의 둘레를 돌고 도는 것처럼 내가 당신을 돌고 돌며 당신 또한 나를 돌고 도는 것이다.

지구 위 모래알처럼 쌓인 그 많은 사람들이 단 한 번의 부딪힘도 없이 살다간다는 게 신기할 뿐이며, 어쩌다 사랑이라는 이유로 부딪혀도 대개 슬픔으로 남는다는 것이 놀라울 따름이다.

바다와 육지의 경계, 산과 들판의 경계에 둘레길이 있다. 사람들은 섬과 산마다 둘레길을 만들어 놓고 무에 대단한 것이라도 발견한 것처럼 둘레길을 걷지만, 길은 정해져 있고 우린 어차피 태어나는 순간부터 생사 혹은 만남과 이별의 경계 위를 걸어야 하는 것이다.

위태로운 사랑에 관하여

높은 성벽 위를 걷는 일처럼, 사랑의 뜻은 높으나 그 뜻을 따라가는 발걸음은 위태롭기 그지없다.

그러나 그 위태로움은 어디까지나 지켜보는 자들의 걱정일 뿐, 구경하는 사람들이 저 높은 곳 타인의 사랑에 관하여 이래라 저래라 말할 것은 아니다.

함께 걷기로 마음 먹었다면, 그곳이 성벽이든 물 위든 하늘이든 그냥 걸어가게 내버려 두자.

하늘 아래 위태롭지 않은 사랑이 어디 있겠는가.

당신 마음이 달려간 거리

우리 몸 속에 피를 공급하는 혈관의 총 길이는 약 120,000km이다. 지구를 세 바퀴 돌 수 있는 길이라고 한다.
우리 몸 구석구석으로 피를 보내기 위해서 지금도 동맥과 정맥, 모세혈관들이 바쁘게 움직이고 있는 것이다.

사랑한다는 말을 전하기 위해서 당신 심장과 머리, 입술과 혀끝으로 달려간 피에 대해서, 어느 날 사랑한단 말을 듣게 된 당신 얼굴을 붉게 하기 위해서 피가 달려간 거리에 대해서 생각해보자.

처음 사랑하는 누군가의 손을 잡기 위해 당신 마음이 달려간 거리는 아마도 지구 세 바퀴, 나무의 뿌리와 가지 끝처럼, 그토록 가깝고도 먼 거리는 아니었을까.

기도할 시간이 얼마 남지 않았다

아침 책상 위, 스티븐 호킹의 책을 읽다가 '외계인은 확실히 있지만, 우린 그들과의 만남은 피하는 것이 좋다'는 그의 말에 밑줄 긋는다.

그런 인연이 있다. 결과론적이겠지만, 만나지 않았더라면 좋았을 인연이 있다.

하지만 어쩔 것인가, 인연은 이미 바람처럼 우리의 생을 훑고 지나간 다음인 것을.

주저앉은 기쁨이 슬픔이야.
그러니 잊지 마, 뭐든.
눈뜨고 사랑할 시간이 얼마 남지 않았으니까.
눈감고 기도할 시간이 얼마 남지 않았으니까.

적멸(寂滅) 속으로

어느 날, 우린 모두 다 적멸 속으로 들어갈 것이다.

내가 사라진다고 해서 내가 머물렀던 자리가 사라지는 것은 아닐 것이며, 당신이 사라진다고 해서 당신이 머물렀던 내 마음마저 사라지는 것은 아닐 것이다.

그러나 분명한 것은 누구나 언젠가는 사라진다는 사실이다.

무언가를 찾아서 여행을 떠나지만, 우리는 아무것도 찾지 못한 채 차마 인연의 끈을 내려놓지 못하고 주섬주섬 가방을 챙겨 다시 돌아오곤 하는 것이다.

돌아온 후에도 어느 산속 어느 길가에 두고 온 마음 때문에 한동안 혼자 있는 시간이 불편해지기도 한다.

그립다는 것은 어딘가 두고 온 당신의 마음이 아직 당신에게 돌아오지 않았다는 말이다.

집도 절도 없이 떠돌다 가는 게 인생이라고 하지만, 우리는 대개 넓은 집을 갖길 원한다.

화초며 나무며 심지어 커다란 바위까지, 집 밖에 있어야 할 것들을 최대한 집안으로 옮겨 놓으려 애를 쓴다.

하지만 백 평짜리 집에 살면서 백 평 크기만한 마음을 갖는다는 것은 불가능하다.

몸이 아파 병실에 누워 보면 작은 침대 하나가 백 평짜리 집보다 소중하다는 것을 느끼게 된다.

사라지는 것들 중에서도 첫눈은 우리를 충분히 허망하게 만든다.

첫눈은 대개 땅에 닿자마자 녹아버린다.

눈송이가 잠시 공중에 머무는 시간이 우리가 이 세상에 머무는 순간이라고 생각한다면, 우린 좀더 가벼워질 필요가 있다. 그 누구도 예외 없이, 우린 녹아내리기 직전의 삶을 살아가고 있기 때문이다.

눈물은 가장 열악한 인간의 조건

연잎 위에 고인 물방울을 들여다본다. 사진작가 만 레이의 '유리 눈물(1930)' 이란 사진이 생각났다. 어느 여자의 얼굴에 맺힌 눈물방울들이 인상적이었던, 마치 눈물은 여자의 전유물이란 것을, 그러나 그것을 믿지 말라고 말하는 것 같았던 만 레이의 사진 한 장을 오래도록 떠올렸다.

눈물은 무언가 몸 안에 가득 찼을 때 넘치듯 흘러나오는 것이다.

기쁨이든 슬픔이든 끓어오르는 감정이 몸 밖으로 범람하는 것, 그것이 눈물이다.

가슴 저 밑바닥에서 생겨난 감정이 목구멍을 타고 올라와 기어이 눈망울에 맺힐 때, 감정은 비로소 하나로 뭉친다.

어제 서러웠던 일과 그제 억울했던 일, 몇 해 전 서글펐던 일들이 어딘가에 갇혀 있다가 어느 한순간 탈출구를 찾아 뛰쳐나가는 것이 눈물이다.

눈물은 가장 열악한 인간의 조건 중 하나이다.

내 마음의 발원지

운두령 고개를 내려와 홍천군 내면(內面) 깊숙이 들어선다. 나라 안쪽 깊은 곳이란 느낌을 지울 수 없다.

나의 내면도 오지의 느낌과 다를 바 없을 것이다. 내 마음속 깊은 곳에도 비탈이 있다는 걸 알기에.

하루에도 몇 번씩 마음의 비탈 위에서 세상에 대한 시기와 자괴감 때문에 넘어지고 미끄러지기를 반복하면서 나도 어느새 가을 산처럼 얼룩지며 나이 들어가고 있는 것이다.

내린천 강변에 서서 내 몸과 마음의 발원지에 대해서 생각한다. 삶도 사랑도 다시 처음에 가 닿을 순 없으리라.

아마도 내 유전자의 발원지도 저 산 계곡 비탈 어디쯤일 것이다. 늘 아슬아슬하게 미끄러지듯 살아가니까 말이다.

나의 유전자는 잠시도 한 곳에 머문 적이 없었을 것이다. 사냥을 하며 사랑을 하며 나에게까지 이어온 혈맥은 그러므로 나 혼자만의 것은 아니다.

다시 빙하기가 찾아온다고 해도 우리는 사랑을 잃으면 안 된다. 지구에서 살아가는 일이 생각처럼 쉽지 않다는 얘기를 하려는 것은 아니지만, 사랑만큼 당신을 뜨겁게 해줄 수 있는 것은 아무것도 없으니까.

나는 외롭다는 생각이 들 때마다, 나보다 더 외로워 보이는 살둔산장을 찾아간다.

멀리 보이는 살둔산장이 작은 우체통 같아서, 늦은 가을이면 붉은 낙엽 소인이 찍힌 강물소리가 산장에 그득하다.

사람들은 저마다 가슴에 상처를 안고 살둔산장을 찾았을 것이다.

그리고 봉인을 뜯듯, 산장에서 밤새 술잔을 기울이며 흉금을 텄을 것이다.

길은 강과 다르지 않아서

내 지친 몸과 나른한 정신을 쌀쌀한 가을 속으로 좀더 밀어넣기로, 낡은 스웨터를 찾아 입으며 생각했다.

그러므로 나는 어느 날 무작정 떠날 것이다. 저 길, 저 시린 혹한의 계절 속으로.

길은 강과 다르지 않다. 언제나 같아 보이지만, 단 한 번도 같은 물이 흐른 적은 없으니 말이다.

나 또한 언제나 같은 길을 걷지만, 내 마음이 단 한 번도 같은 적이 없다는 것을 안다.

이제는 단순히 몇몇 출판사의 돈벌이 수단이 되어버린, 하여 너무나 식상해져 버린, 아래와 같은 소로우의 몇 줄 잠언이 아직은 내게도 필요하다.

"왜 우리들은 이렇게 쫓기듯이 인생을 낭비해가면서 살아야 하는가? 우리는 배가 고프기도 전에 굶어 죽을 각오를 하고 있다."

먼저 올라가면 먼저 내려와야 하는 게 산과 인생이다.

무엇이 우리를 멀어지게 만드나

늦은 밤, 가로수 아래 주저앉은 당신을 만났다.

여간해서는 4촌도 만나기 힘든 세상을 살아간다, 우리는. 4촌간이 그러하거늘, 5촌 당숙과 6촌 그리고 사돈의 8촌은 모두 옛말이 되어버렸다. 형제, 부모자식 간에도 일 년에 두세 번 만나기가 어려운 세상이다.

무엇이 우리를 이다지도 멀어지게 만든 것일까?
무한경쟁의 소용돌이 한가운데로 우리를 몰고 가는 것은 누구인가?
가족마저 포기하면서까지 죽도록 일을 해야 그나마 살아남을 수 있다고, 정치와 평등 따위는 신경 쓰지 말고 스펙이나 쌓으며 개미처럼 있는 힘 다해 일하다 죽는 것이 최선의 삶이라고 누가 가르치고 있는가?

장례식장에서 영정으로나 웃으며 만날 것이라면, 왜, 우리는 그토록 살기 위해 밤낮 없이 버둥거려야만 하는 것인가.

殿寧康

사랑은 단순하게

경복궁 강녕전(康寧殿)은 왕의 침전이다. 대전(大殿)이라고도 불리며, 왕이 정사(政事)를 보던 곳이다.

왕비의 침전은 교태전(交泰殿)이다. 단층 팔작집인데, 용마루가 없는 지붕이 단출한 게 참 좋다. 임금이 용이므로, 두 마리의 용이 함께 있을 수 없어 용마루를 올리지 않은 것이라고 한다.

저 지붕처럼, 나도 심플하게 살고 지고 싶은 것이다. 옷도 가방도 신발도 장식 없이 단순한 것만 걸치고 싶은 것이다.

그런데 내 문장과 사진은 어찌 그리 많은 장식과 수사(修辭)를 입고 있는 것인지 알다가도 모를 일이다.

단순함은 복잡함을 지나서 온다. 그것은 시간의 흐름과도 같아서, 바람 앞에서 거추장스러운 장식들은 날아가고 깎여 무뎌지는 것이다.

사랑도 단순한 게 좋다. 사랑할 때 피고 지는 오만 감정을 모두 받아 줄 사랑은 없다.

한 사람에게만 가는 단순함이야말로 사랑의 제1원칙이다.

비가 올 때, 내가 울 때

나는 닷새 동안 울었다. 가을장마 속에서, 저녁엔 조문을 받으며 어색하게 웃었고 새벽엔 기어이 취해서 울었다.

그렇게 아버지 장례를 치르고 돌아온 나는 마르께스의 책만 읽었다. 백 년 동안의 고독이 나를 찾아와 주기를 바라면서, 마치 유폐라도 된 것처럼 고독과 슬픔을 정든 취미처럼 즐겼다.

매일 아침마다 나는 똥을 누며 죽은 아버지를 만나곤 했는데, 그 이유가 장화며 삽이며 곡괭이며 낫 등 미처 다 태워버리지 못한 아버지의 유품들이 변소에 가득했기 때문이었다.

엄마는 그것들을 차마 버리지 못하고 남들이 모를 만한 곳인, 나름대로 부정 타지 않을 유일한 장소라고 생각한 변소 한 구석에 쌓아두었던 것이다. 덕분에 나는 손잡이가 반들반들해진 연장들의 이력에 대한 긴 글을 쓰기도 했다.

그렇게 엄마와 단둘이 가을과 겨울을 보내고, 이듬해 봄 나는 남몰래 의정부 306보충대로 입영했다.

얼마간 비가 오고 또 얼마간 울었다.

그 땐 사는 게 참 어색하게 느껴졌다. 맘에 들지 않는 새 옷처럼.

십리
지금시각
15시 44분
&
스프레소 커피

나에게서 내리고 싶은 날

내리자. 나는 너에게서 내리고, 너는 나에게서 내리자.

갈아타 봐야 어차피 겨울행, 혼자 천천히 걷는 거야.
집으로부터 멀고 바다로부터 가까운 곳에 구멍 같은 술집 하나쯤 찾아 먼지나 은둔자처럼 조용히 깃들이고 싶을 때가 있는 거지.

기다려 달라고?
당신, 미쳤구나?
시든 목련이 철길 위로 몸을 던진다.

무엇 하나 내다 팔 것 없는 가난한 시인인 나는 가난한 척도 못하고 하루에도 몇 번씩 파우스트의 저울 위에 올라가 얄팍한 영혼을 떼었다 붙이기를 반복하며 철길 위에 양심을 내던지는 것이다.

가끔, 시(詩)에게서 내리고 싶은 날이 있다.
자리를 바꿀 때마다 바꿔 써야 하는 가면을 벗고 싶은 날이 있다.
살다가 하루쯤은 나에게서 내리고 싶은, 그런 날이 있다.

2
사랑의 물리학

사랑의 물리학

언제나 비등점 위에서 살아간다. 온도가 비등점 아래로 내려가면 바로 굳어버리는 저 끓는 소금물처럼, 우린 언제부턴가 모든 일에 속을 끓이며 불같은 삶을 살아가게 되었다.

삶이란 끊임없이 욕망을 태우고 소비하며 끓는점을 유지하는 것인데, 그것은 불가능에 가깝다. 우리의 생명은 유한하며 피 끓는 청춘은 언젠가는 고갈될 수밖에 없기 때문이다.

모든 사물이 시간의 흐름에 따라 질서에서 무질서로, 애초의 용도와 달리 쓸모없는 것으로 변해가는 현상을 물리학에서는 '열역학 제2의 법칙' 즉 '엔트로피 법칙' 이라고 말한다. 세상은 시간이 지날수록 자꾸 무질서해지며, 이것을 원래대로 되돌리려면 그만큼의 에너지가 필요하다는 것이다.

사랑도 이 법칙과 무관하지 않다. 사랑이 시작될 때, 처음엔 저 끓는 불덩어리처럼 뜨겁게 타오르던 관계도 시간이 지남에 따라 서로 무관심해지며 사랑을 지탱하던 질서가 무너지게 된다. 이럴 때는 지속적으로 에너지를 보충해 주어야 한다. 무뎌진 감성과 무너진 사랑과 무질서해진 관계를 복원시키기 위해 노력해야 한다.

사랑의 궁극적인 목표는 사랑의 회복에 있다.

죽염 제조 시 용융되는 소금

당신에게 유배당하고 싶다

"죄인이 바다에 빠지면, 죄는 죽지 않고 죄인만 죽습니다."라고 쓴, 남해에 유배된 서포 김만중을 생각하며 쓴 시를 꺼내 읽는다.

겉으로야 허허 웃으며 살아가지만, 밥벌이에 치이며 이런저런 구속에 직면하다 보니 하도 마음이 답답해 어딘가에 유배당하고 싶다는 생각을 하다가 서포가 유배되었던 남해 금산의 바위를 떠올린다.

바위야 너도 무너져 내리고 싶을 때가 있겠지?

방 안에 자식을 가두어 놓을 수 없다는 걸 알면서도 마음의 문고리를 잠그는 부모나, 천 리 밖 유배지로 신하를 내쳐 오가다 죽게 만드는 성은(聖恩)이 사랑은 아닌 것이다.

마음의 문을 열고 떠나보냈으나, 혹은 때가 되어 떠나갔으나 언제고 다시 돌아오고 싶은 마음을 갖게 하는 것이 진정한 사랑의 구속이다.

사랑의 유배는 자발적이어야 한다. 내 영혼이 당신에게 갇히고 싶다고 원하는 것, 그리하여 그 사랑의 위리안치(圍籬安置) 안에서 어느 한때 기어이 무너져 내린 마음이 눈물로 범람할 때, 그것을 사랑이라 불러야 한다.

어떤 물리적 구속으로 강제하는 대신 자발적 구속으로 마음이 묶이게 하는 것, 나는 그것을 사랑이라 부르고 싶다.

사람아, 오늘 나는 당신에게 유배당하고 싶다. 마음의 유배지에서 단 일주일만이라도…….

함께 잠을 자면서도 등을 돌리는 우리는 누구인가?

우리는 달려간다, 이상한 미래로

누군가 내게 시간이 참 더디게 흘러간다는 말을 했을 때, 갑자기 나는 우리가 살아가는 속도에 대해 궁금해지기 시작했다. 시간의 흐름이란 게 지극히 상대적인 개념이란 걸 모르는 바 아니지만, 분명 우리도 어쩔 수 없는, 어디론가 우리를 데려가는 절대적인 속도가 있을 것이라는 생각이 들었다.

우리는 얼마나 빠른 속도로 살아가고 있는 것일까?

지구가 어딘가를 향해 달려가는 속도, 즉 지구의 공전속도는 시속 약 108,000km이다. 지구에서 살아가는 우리는 예외 없이 초속 30km의 속도로 움직이고 있는 것이다. 그러니까 당신과 나는 지금까지 한 번도 가본 적 없는 공간을 매우 빠른 속도로 통과하고 있는 중이다. 죽은 후에도, 우리는 시속 약 108,000km의 속도로 달려가게 될 것이다.

이토록 빠른 시간의 흐름 속에서 내가 당신의 눈앞에, 혹은 당신의 마음속에 머무는 시간은 얼마나 될까?

지극히 짧은 찰나를 살아가면서, 심지어 함께 잠을 자면서도 등을 돌리는 우리는 누구인가?

속수무책인 사랑이 좋다

날아가는 새의 그림자를 본 적 있다.

어느 날, 들판을 걸어갈 때였다. 무언가에 골몰해 앞만 보며 걸음을 내딛을 때였는데, 한순간 무언가가 내 눈앞을 스쳐 풀숲으로 사라졌다. 그것은 작고 재빨라 나로 하여금 마치 족제비과의 들짐승을 보는 듯한 착각에 들게 했다.

내 머리 위로 새 한 마리가 빠르게 지나쳐 어디론가 날아간 후였다.

나는 새의 그림자를 보는 순간 그때까지 골몰해 있던 생각들을 모두 땅바닥에 놓쳐 버렸다. 한낱 주워 담을 수도 없는 생각에 빠져 나는 몇 시간 동안이나, 아니 지난 몇십 년 동안이나 생을 허비하며 걸어왔다는 생각이 들자 무척이나 허망했다. 그깟 새의 그림자가 뭐기에 나를 또 다른 생각에 빠져들게 만들었던 것일까.

하늘 높이 날던 새는 지상에 가까워질수록 제 몸과 같은 크기의 그림자를 갖게 된다. 땅에 내려앉았을 때, 새는 자신의 그림자와 동일한 비례가 된다.

태양 가까이 날아갈 때 꿈은 거대한 그림자로 지상에 그려지지만, 지상에 내려앉았을 때 비로소 그 꿈은 구체적이며 만질 수 있는 현실이 된다.

내 눈에 들이닥친 새들처럼, 곧 겨울이 들이닥칠 것이다.
나는 사랑 앞에서나 겨울 앞에서나 속수무책인 게 좋다.

우리는 인생의 황혼기에 가장 긴 혼자만의 시간을 갖게 된다.

가장 생이 깊어질 때

막는다고 비켜갈 수 없는 것, 세월 앞에 예외는 없다.

뛰다 걷다 앉다 눕다 가는 것이 인생이라고 할 때, 눕기 전 앉아 있을 때가 가장 생이 깊어지는 무렵인 것 같다.

해 지기 전, 개와 늑대의 시간 속에 앉아 있는 것이 여생이다.

사랑은 사람을 따라 가고, 사람은 사랑을 따라 간다.

사랑할 시간이 얼마 남지 않았다고 느껴질 때의 감정, 모든 마음을 바치면서도 상대방을 배려할 줄 아는 그 때 그 느낌이 죽을 때까지 가는 것이다.

우리는 인생의 황혼기에 가장 긴 혼자만의 시간을 갖게 된다.

해질 무렵의 그림자가 가장 길듯, 의자에 의지하는 시간이 길어질수록 인간은 서글퍼진다.

이생과 피안의 경계에서

바다에 가서 기도를 하면, 바다가 내가 바라는 바를 다 들어줄 것만 같은 느낌이 들 때가 있다. '바라다' 라는 말이 줄어서 '바다' 가 됐을 것이라고, 기도를 '받아' 준다고 해서 '바다' 라는 말이 생겼을 것이라고 내 마음대로 생각하기로 했다.

바다는, 그 수많은 사람들의 절실한 기도를 듣고 파도를 통해 단지 한 알의 모래로 사람들의 기도를 현현(顯現)시켜 주는 것일지도 모른다는 생각이 들었다.

그토록 절실한 모래가 쌓여 어느 날 섬 하나 떠오른다.

다도해, 엎드린 섬들의 이마가 바다에 닿는다. 섬의 이마가 바다에 닿을 때마다 번뇌가 원을 그리며 섬 밖으로 사라져 간다.

그러나 누구나 한 번쯤 자살을 꿈꾸듯, 저 섬들도 한 번쯤 바다에 빠져 죽고 싶은 날이 있었을 것이다.

발 아래 모래를 본다.

"모래야, 너는 얼마나 작으냐?"

작은 모래 한 알도 처음엔 커다란 바윗덩어리였을 테지만, 풍파에 부딪히고 견디다 보니 작아진 것이 아니겠는가.

그런 생각이 드는 순간 나는 도무지 알 수 없었던 나의 존재감이 오히려 확연해지기 시작했다.

지상에 존재하는 것들은 모두 어떤 절실함의 결과물이다.

내 몸은 말할 것도 없거니와 콘크리트 절벽에 매달린 풀 한 포기 또한 다르지 않다.

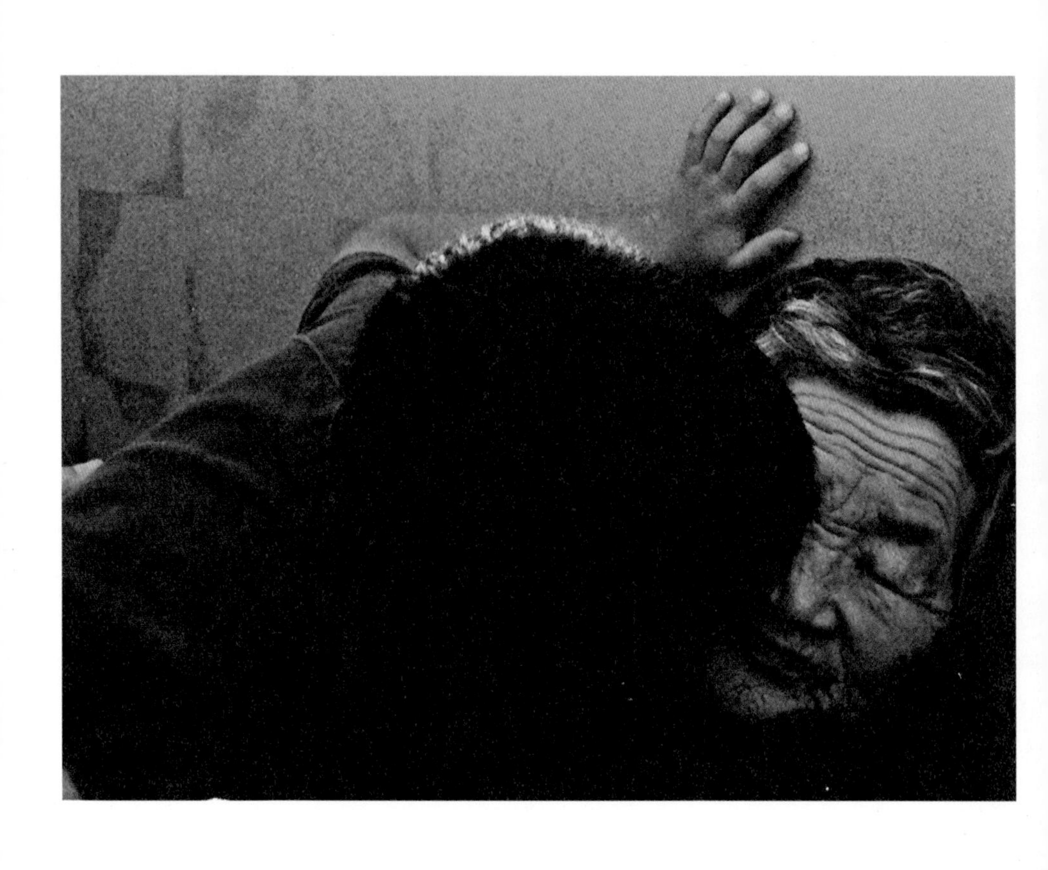

어떤 입맞춤

사내아이는 노파를 향해 뛰어가더니 이내 입술을 디밀었다. 노파는 곧바로 눈을 감았으나 사내아이를 아주 밀쳐내진 않았다.

잠시 후, 기억이 돌아온 듯 노파는 사내아이에게 아픈 병 옮아가니까 가까이 오지 말라고 한 마디 내뱉을 뿐이었다.

사내아이가 제 아비의 부탁이나 독려 없이도 노파의 볼에 입을 맞추는 일이 자연스러워졌을 무렵, 노파는 치매 3등급 판정을 받고 요양원으로 옮겨졌다.

노파가 요양원으로 옮겨지기 전, 사내아이는 주말마다 제 아비와 함께 시골 들판에 붙어있던 노파의 집을 찾아가 혼자 뛰어놀곤 했었다.

아이의 아비는 할머니를 요양원에 모셔두고 곧잘 잊고 지내는 것 같았다. 그러나 고맙게도 사내아이는 할머니와의 입맞춤만은 아직 잊지 않고 있었던 것이다.

여관

멈추지 않아도

멈추지 않아도 우린 알 수 있다.
멈추지 않아도 우린 볼 수 있다.
우리가 보고자 하는 것들은 우리의 마음 속에서 이미 밖을 내다보고 있다.

말이나 대상이 지닌 의미는 그것을 바라보는 경험과 인식에 따라 다르게 느껴질 수도 있다.
나의 사랑이 누군가에게는 고통이 될 수도 있다.

우리가 지나온 시간들조차도 멈춘 게 아니어서, 어느 날 아침 느닷없이 떠나간 사람의 얼굴이 떠오르기도 한다.

지금 이 순간에도 당신과 나는 서로 스쳐 지나간다.
그러나 우리가 잠시 머물고 싶은 곳은 저렇듯, 겨우 보이는 곳에 멈추어 있다.

일생 동안 달려가는 사랑

한밤중에 자동차의 궤적을 찍기 위해서는 카메라의 렌즈를 오래도록 열어 두어야 하는 것은 물론이고, 기다릴 줄도 알아야 한다.

이 두 가지를 할 수 없다면 좋은 사진을 얻기란 매우 힘들다고 생각해야 한다.

사랑할 때도 마찬가지여서 마음을 오래도록 열어두어야 하는 것은 물론이고, 기다릴 줄도 알아야 한다.

당신이 기다리던 누군가 어두운 밤길을 달려와서는, 닫혀진 문 밖에서 그대로 돌아서지 않게 하려면 언제나 마음의 문을 열어두어야 한다.

사랑하는 이를 만나기 위해 비행기나 자동차를 타고 하룻밤 혹은 며칠 동안 달려간 사람은 물론이고, 일생 동안 사랑하는 이에게 달려가는 사람을 본 적 있다.

네가 올 때마다 내가 흔들린다

누가 내 마음을 읽어주는 날이 있다.

내가 말하기도 전에, 그 사람은 내 마음의 행간(行間)까지도 읽어버린 것이다.

그런 날엔 한없이 서럽고, 또한 알 수 없는 떨림이 등피를 두드린다.

나무의 마음은 바람이 읽어준다.

나무와 나무 사이, 그 성기지만 빽빽한 관계를 바람이 속속들이 들추어내자 나무의 얼굴색이 붉게 변한다.

바람 불 때마다 나무가 흔들린다.

네가 올 때마다 내가 흔들린다.

한 벌뿐인 가죽 옷

지금은 안 계시지만, 몇 해 전 종로 견지동 조계사 앞에서 한 할머니가 옷을 팔았던 적이 있다.

나는 그 앞을 오가며 몇 차례 눈인사 끝에 할머니께 물었다.

"이렇게나 옷이 많은데, 할머닌 옷을 몇 벌이나 갖고 계세요?"

되돌아온 답은 명료했다.

"한 벌!"

입고 있는 옷이 전부라는 말이었다.

부평인가에 작은 건물도 한 채 갖고 있다던 할머니였다.

아무리 돈이 많아도, 아무리 옷이 많아도 입을 수 있는 옷은 단 한 벌뿐이라는 이 지독한 생의 아이러니…….

살(肉) 가죽 옷은 두 벌을 살 수가 없다.

아, 생은 두 번을 살 수가 없다.

떨림이 없었다면

연(蓮)들이 물끄러미 물 위에 비친 제 얼굴을 들여다본다.
어떤 운명에 대해 생각하는지, 연의 얼굴이 파르르 떨린다.

잔잔함은 종종 우리를 어떤 경이로운 세계로 인도하곤 한다.
그것은 거대한 파도보다도 더 크게 우리의 마음을 움직이게 하는 힘이 있다.

사랑이 시작될 때의 미묘한 떨림을 당신은 오래 잊지 못할 것이다.

어떤 감동이나 기쁨, 혹은 슬픔일지라도 그 시작은 아주 작은, 잔잔한 떨림에서부터 비롯되는 것이다.

떨림이 없었다면 사랑은 없었을 것이고, 떨림이 없었다면 우리는 이 세상에 나오지도 않았을 것이며, 떨림이 없다면 당신은 지루한 삶을 단 하루도 견디지 못할 것이다.

떨림이 없었다면, 떨림이 없다면…….

당신이라는 기적

당신은 지금 몇 번째 선택을 하고 있는가?

한 사람을 선택하는 일은 한 사람의 생을 넘겨받는 것이라서 부담스럽다는 생각을 한 적이 있다.

사랑이라는 감정도 다분히 선택적이다.

사랑 없이 사람을 선택하는 일을 굳이 잘못된 것이라고 말하고 싶지는 않지만, 대개 우리는 그러하다.

사실, 대부분의 사람들이 사람과 사랑이라는 모호한 경계와 착각 속에서 남은 인생을 걸곤 한다.

남겨진 시간만큼은, 나에게 모든 걸 걸자. 이미 넘겨받은 당신의 생은 당신만이 넘겨주거나 마칠 수 있는 것이니까.

오늘을 지나 내일에도 당신이 살아 있다는 것은 기적이다.

언젠가는 영영 볼 수 없는, 당신이라는 기적.

당신과 나는 어느 산에서 흘러내린 모래 한 알이기에

산 위에서 겹겹이 펼쳐진 능선을 보면 마치 우리 이마의 주름 같다는 생각이 들 때가 있다.

무슨 생각에 골몰할 때 생기는 그것, 결국엔 나이가 들어 누구나 갖게 되는 생의 주름 같은 것.

내려가라고, 내려가라고…… 산이 설득하고 고민한 결과가 산 아래 마을은 아닐는지.

모든 사람이 그런 것은 아니지만, 누구나 자기 이름으로 된 땅을 갖고 싶어 한다.

그러나 엄밀히 말하자면, 지구상에 인간 소유의 땅은 없다.

어떻게 보면 인간이 산의 소유물인지도 모른다.

죽으면 흙으로 돌아가는 게 인간이거늘, 아무리 생각해봐도 산의 주인이 인간이 아니라 산이 인간의 주인이라고 하는 게 맞다.

당신과 나는 어느 산에서 흘러내린 모래 한 알이기에 날마다 세파 속으로 흘러내리고 또 흘러내리는 걸까.

결핍이 없으면 사랑도 없는 것

사랑은 결핍을 먹고 산다.

사랑할수록 사랑은 부족해지기 마련이다.

볼수록 더 보고 싶어지고 만날수록 더욱 함께 있고 싶어지는 것, 이것이 사랑의 결핍이다.

우리의 열정도 자꾸 쓸수록 연료가 소모된다.

사랑은 결핍으로 인한 그 어떤 갈구로부터 에너지를 충당한다.

간절함을 수반하는 결핍이 없을 때, 서로 그 어떤 바람도 없을 때, 더 이상 사랑은 없다.

죽음에도 연착륙이 필요하다

언젠가는 땅 위에 내려야 하는 게 인생이다.

가까이에 있는 사물들이 점점 더 또렷하게 잘 보인다는 것은 내릴 때가 가까워졌다는 뜻이다.

죽음에도 연착륙이 필요하다.

앞뒤 분별없이 부는 바람에 몸을 맡기던 시절을 지나와 이제 내릴 곳을 찾고 있다면, 당신은 괜찮은 삶을 살아온 것이 분명하다.

처음 어머니 자궁을 박차고 생의 산꼭대기를 출발할 때도 중요하지만, 인생은 마지막이 더욱 중요하다.

오는 것은 자기 의지와 상관없지만, 갈 때는 지금까지 살아온 과정들을 통해 착지가 결정되기 때문이다.

석양 속으로 내리는 붉은 먼지처럼, 우리도 그렇게 앉는 듯 마는 듯 부드럽게 내려앉아야 한다.

비가 온다는 말 때문에 갑자기 깊어지던 가을 밤

밤기차 타고 벌교에 갔다, 다시 버스 타고 보성에 갔다.
자동차를 가져가지 않았으므로, 나는 천천히 먹고 마시며 걸어다닐 수 있었다.
불편한 것에 대해 잠시 생각하다가 말았다.

가을이었으므로, 작은 배낭과 모자와 더러운 신발과 나는 아무래도 좋았다.
이듬해 봄 토굴 속에서 얼어 죽은 한 노인과 나는 한참 동안 백초 효소와 단식 이야기를 나누었으나 술잔을 주고받진 않았다.

차밭에 다녀온 날 밤, 나는 보성읍에 여관방을 하나 잡고서는 천천히, 마치 차를 마시는 것처럼, 혼자 수작(酬酌)을 해대며 술을 마셔도 보았던 것인데…….

내일은 비가 온다는 말 때문에 갑자기 가을이 깊어지던 밤이었다.

너도 가고 나도 가야지

흐르는 시간 앞에서 영원히 머물 수 있는 것은 아무것도 없다.

다만, 부둣가의 배처럼 잠시 정박해 있을 수 있을 것이다.

부박하게 흘러다니던 우리네 삶도 어느 순간 잠시 정박하게 되는데, 대개가 늙거나 몸이 아플 때이다.

아프고 늙었다고 해서 우리 몸이 아주 쓸모가 없어진 것은 아니겠지만, 그 때가 되면 우리 마음대로 우리 몸을 쓸 수 있는 건 아니다.

늙고 병들면 내 몸을 어디에 써야 할까, 라는 고민을 하는 이도 몇몇 보았지만 그다지 좋아 보이지 않았다. 그런 고민은 늙거나 병들기 전에 해야 하는 것이니까.

바지선처럼, 지난 세월 짐만 실어 나르다 생의 부두에 남겨진 중년 사내의 뒷모습은 대개 낡아 보인다.

잠시 일상을 벗어나기 위해 부두에 정박 중이었을 것이나, 밧줄이 걸린 비트(bitt) 위에서 앉아 있는 시간도 덧없어 보이긴 마찬가지이다.

세월 앞에서, 너도 가고 나도 가야지. 시간은 흘러가고 우리 삶을 영원히 묶어줄 수 있는 밧줄은 어디에도 없다.

그렇다면 이제 그만 일어나야 한다.

언제 어디서 무엇을 하든, 늦은 삶이란 없는 것이니까.

중년! 구두 한 짝이 풍랑의 바다에 내려진 닻이요, 낡은 양복은 그대로 바람에 펄럭이는 돛이다.

닻을 올리듯 구두를 벗고, 바람에 몸을 맡기며 한번쯤 너에게로 가자. 젊은 시절 그토록 목 놓아 부르며 원했던 고래 사냥은 못할지라도, 스스로를 향해 고래고래 소리라도 질러보자.

가을 속에 혼자 남겨진 사람은 위태롭기 그지없다.

그러나 권태에 빠진 사람보다는 훨씬 덜 위험하다.

DAY 01
THURSDAY 02.24|16:47

우린 모두 지나갈 뿐

라이브(Live), 살아가는 일이 저 혼자 상영되는 한 편의 다큐 영상이다.

당신이 원하지 않았더라도, 이미 당신은 생의 주연이고, 당신은 혼자 울고 웃고 떠돌다 저 철길 끝의 소실점처럼 사라지고 마는 것이다.

소실(消失), 다만 당신은 사라질 뿐 감동은 당신 몫이 아니다.

감동이 당신 몫이 아니라는 사실이 가끔은 당신으로 하여금 어떻게 살고 있는가에 대한 회의를 갖게 한다.

마주보며 평행선을 걷는 것 같았던 관객들도 실은 모두 제각각 소실점을 향해 가고 있다는 데까지 생각이 미치면, 당신은 잠시 안도감을 느끼기도 한다.

그러나 내가 화면 속에 있는 건지 밖에 있는 건지 알 수 없을 때가 있다. 당신 또한 내 안에 있는 것인지 밖에 있는 것인지 알 수 없을 때가 있다. 누구는 60년, 또 누구는 짧게 20년짜리 다큐 영상 한 편을 찍고 사라진다.

건너갈 뿐, 생사 안팎의 구별이 무의미할지도 모른다.

그저, 우린 모두 지나갈 뿐.

가지 끝의 절박함으로

가을에는 누구나 떨어지기 직전의 잎과 같다.

위태롭게 매달린 잎처럼, 당신의 사랑도, 당신의 직장도, 당신의 청춘도, 당신의 건강도 또한 위태롭다.

그러나 가지 끝의 절박함이 없다면, 어찌 우리의 황혼이 붉게 빛날 수 있을 것인가.

잊힌다는 것

아주 오래된, 낡고 두툼한 책갈피를 넘기다 보니 색 바랜 꽃잎이 혼곤히 누워 있다.
너무 얇아서 부서질 듯한 꽃잎은 꽃술을 핏줄처럼 달고 있었다.

그는, 누군가에게 잊힌 채, 거기 얼마나 오래도록 숨죽인 채 꽂혀 있던 것일까.

잊힌다는 것, 그것은 가슴 아픈 일이다.
당신 또한 저 책갈피 속의 꽃잎처럼 누군가에게 잊힌 건 아닌지.
당신이 누군가를 잊고 사는 것처럼.

여관
충무식당

서글픈 가오(かお)

세상의 모든 노동과 자책과 슬픔의 절반은 아비의 어깨 위에서 흘러 내린다.

기실, 이제 막 당도하는 생은 아비의 것은 아닌 것이다.

어쨌든, 아비들은 청춘과 회한을 차부에 부려 놓고 서둘러 이역으로 떠나야 한다.

잠시 정차한 생에서 내려 담배를 피우며 머뭇거리던, 15시 07분의 실루엣!

서글픈 가오.

닫힌 마음 두드리기

꽃이 열릴 때, 덩달아 당신의 마음도 열렸으면 좋겠다.

열두 달 기다린 꽃봉오리들이 기어이 참았던 울음 한꺼번에 터뜨리는 것처럼, 열 달 배 부풀리다 마침내 한 생명 몸 밖으로 밀어내는 분만의 기쁨과도 같이, 그렇게, 웅어리진 당신 마음도 와락 열렸으면 좋겠다.

옛날 문은 요즘 문과 달리 틈새가 있어서, 문을 닫아도 그 틈새로 안을 들여다볼 수 있어서 좋았다.

문을 걸어 잠갔으나 마음을 아주 잠근 것은 아니어서, 밖에서도 충분히 안의 사정을 엿볼 수 있었기에 닫혀도 아주 닫힌 게 아니었다.

닫힌 문 안에는 한 번쯤 모르는 척 토라지고 싶은, 기어이 들키고 싶은 당신의 마음이 밖을 의식하며 돌아앉아 있는 것이다.

만약 마음에도 문고리가 있다면, 그것은 당신의 두 귀 어딘가에 붙어 있을 것이다.

누군가의 말이 당신의 가슴을 두드린다면, 그것이 곧 문고리다. 타인에 대한 쓸모없는 말이 들릴 때 귓불을 잡아당겨 닫아 마음속으로 오해가 들어오지 못하게 막는 것, 그것 또한 문고리다.

닫힌 마음은 두드려야 열리느니, 누군가의 마음이 닫혀 있다면 당신이 충분히 그이의 마음을 두드리지 않았거나, 은근슬쩍 보여주는 마음의 뒤태를 들여다보지 않은 까닭이다.

간결한 생

벽면 기둥의 형상이 마치 간(干)자 같다.
한 쪽으로 조금 기울면 천(千)자가 되겠지만, 천 년까지는 아니더라도 한 오백 년은 더 지나야 기둥이 기울 것이다.

우리 몸도 그리운 사람 쪽으로 자꾸 기울어진다.
기울다, 기울다 폭삭 주저앉아 버리기도 하겠지만 기우는 것들끼리 서로 기대어 살라는 뜻이 사람 인(人)자에 들어 있기도 한 것이다.

그러고 보니, 생(生) 참 간결하다.

혼자라는 생각이 들 때

혼자라는 생각이 들 때가 있다는 말 속에는 혼자가 아닌데도 혼자 같다는 생각이 내포되어 있다.

이럴 때, 자신에게 보다 근원적인 물음이 필요하다.

원래 우리는 처음부터 혼자였던 것이나 관계와 사랑을 통해 가족, 연인, 친구의 이름으로 잠시 함께 머무는 것일 뿐이라는.

아니라고 우겨 봐도 혼자일 수밖에 없는 우리는, 그래서 더욱 함께 있기를 갈망하는 것인지도 모른다.

누군가 곁에 있어도 혼자라는 생각이 든다면, 인간은 어차피 혼자라는 사실을 인정하는 데서 그 해결 방법을 찾을 수 있을 것이다.

사랑해서 같이 사는 것인지, 같이 살아서 사랑하는 것인지 묻지 말자.

어느 것인들 사랑이 없는 것은 아니지 않은가.

3
작약을 만지고 싶다

물로 닦아내는 마음

하루에 물 2리터를 마시면 몸 안에 쌓인 노폐물이 어느 정도 빠져 나간다고 한다. 일종의 디톡스요법이라 할 수 있다.

몸이야 그렇다고 치고 마음속에 든 욕망의 찌꺼기는 무엇을 통해 밖으로 내보내야 하는 걸까.

알콜 도수 19%의 소주도 나머지 81%는 물이기에 술의 힘을 빌릴 수도 있겠지만, 잠시 이백(李白)을 쫓아간다 한들 부작용 또한 만만치 않으니 그 또한 널리 권장할 수는 없겠다.

우리는 우리 몸의 2/3가 물이라는 사실을 잊고 지낼 때가 많다. 그러므로 물 흐르듯 살며 사랑하는 게 맞는 이치인데 어느 누구 예외 없이 썩은 강물 마시며 해탈을 해야 할 지경에 이르렀으니, 이만하면 이 나라도 극락이라 부를 만하다.

얼마나 더 거슬러 올라가야 오직 땅 위로 수직 낙하하던 물방울의 자세, 그 첫 마음을 만날 수 있을까?

작약을 만지고 싶다

작약 꽃이 필 때면 엄마 얼굴도 따라서 붉게 물들곤 했다.

작약 꽃이 벙글거리면 엄마도 따라 웃고, 엄마가 웃으면 아버지도 싱글벙글 따라 웃었다.

꽃이 핀다는 것은 일종의 전염이다.

하나가 피면 둘이 피고 둘이 피면 셋이 피고, 내가 피면 너도 피고 네가 피면 나도 피고.

봉당에 붉은 작약 타오르던 밤이면 엄마 아버지도 홑이불 속에서 붉게 타올랐다.

작약처럼 몰래 귀만 열어 놓고 잠든 척하다가 어느새 잠이 들어버리던, 내 유년기의 흐릿한 아랫목이 그립다.

너무 멀리 떠나온 것은 아닌데, 나는 작약을 볼 때마다 자꾸만 아득해진다.

죽은 아버지도 아득해지고 병실의 엄마도 아득해지고 어린 시절의 나마저도 아득해진다.

꽃은 어떻게 제 얼굴색을 기억하는 걸까?

문득, 작약꽃을 만지고 싶다.

네가 아프면 나도 아픈 것

시련은 자기 자신이 혼자라는 생각이 들 때, 그 생각과 함께 찾아오는 경우가 많다.

수많은 관계 속에서는 것은 물론이려니와 사랑하는 단 두 사람과의 관계 속에서도 종종 소외감이 생기곤 하는 것이다.

몸 따로 마음 따로 가는 사랑은 없다.

목련처럼 잎 따로 꽃 따로 피는 경우는 있지만 어차피 한 몸인 것을 서로 다르다 볼 수 있는 것은 아니지 않은가.

꽃이 다치면 잎이 슬프고, 마음이 가면 당연히 몸이 따라 가는 것이 이치에 맞는 것이다.

유마경의 한 구절처럼, 그러므로 네가 아프면 나도 아픈 것이다.

시련은 혼자가 아니라는 생각이 들 때, 고통은 여전하나 그 고통을 자연스럽게 받아들이게 된다.

시련이 잠시 머무르는 시간보다 우리가 지상에 머무는 시간이 훨씬 길다는 것을 잊지 말자.

당신에게 꽃이 되고 싶다

생김새가 비슷한 구절초, 쑥부쟁이, 개미취만 구분할 줄 알아도 야생화 공부는 다 한 거라고 한다.
아, 서양에서 온 데이지도 그 축에 속한다.

가을철 산비탈에 수수하게 피어 있는 구절초 꽃말은 순수다.
'수수' 와 '순수' 는 어딘가 모르게 닮아 있다.
우리 사랑도 처음에 필 땐 순수했고 또 수수했다.

사랑과 우정은 같은 옷을 입고 있으며, 그 모양도 비슷하다.
누군가를 사랑한다는 것은 그 사람에게 꽃이 되는 일이다.

아, 나는 내 감정을 구분지을 줄 몰라서 이번 가을에도 당신에게 꽃이 되긴 그른 것 같다.

마지막 뒷모습

아버지, 당신들은 어느 날 갑자기 집으로 돌아오지 못할 것이다.

내 기억 속에 남아 있는 아버지 생전의 마지막 모습은 이른 아침 미군부대 일터로 출근하시던 뒷모습이었다.

서울로 통학을 하던 내가 잠에서 깨어 졸린 눈을 부비며 얼떨결에 바라보았던 어렴풋한 뒷모습.

마당을 가로질러 신작로 끝으로 사라졌던 아버지는 그 날 일터에서 사고로 돌아가셨고, 두 번 다시 집으로 돌아오지 못했다.

저 가을 속으로 사라지는 누군가의 뒷모습은, 누군가의 기억 속에 남아 있게 될 당신의 마지막 뒷모습이다.

깊어간다는 것

깊어간다는 것은 어두워진다는 뜻도 담고 있다.
가을이 깊어간다는 것은 우리 모두 어둠 쪽으로 한 발짝 더 다가간다는 말인 것이다.

노동이 끝나기도 전에 해는 벌써 지고, 측백나무나 인간의 표정도 칠흑과 같이 어두워진다.
그 무엇도 뚫지 못할 것만 같았던 청춘의 갑옷은 시간 앞에서 죽은 생선 비늘처럼 바닥에 떨어지는 것이다.

눈물이란, 절벽 아래 아득한 내면을 들여다보던 내가 어느 순간 절벽 아래로 뛰어내리는 것.

혈혈단신 낙하하는 공중의 한 잎처럼……

장안문, 세계의 끝과 하드보일드 원더랜드

토요일 오후, 나는 이야기의 절반을 죽음에 할애하는 노소설가의 얼굴에 카메라 렌즈를 바꿔가며 초점을 맞추고 있었다. 25년 전과 마찬가지로, 여전히 그는 커다란 덩치에 걸맞지 않게, 마치 마리오네트 인형처럼 어깨만 움직이며 힘겹게 말을 이어갔다.

그는, 죽음과 대치하고는 있지만 그것을 인식하지 못하는 나와는 달리 아침저녁으로 죽음과 국지전이라도 치르고 있는 사람처럼 보였다. 언뜻 결연해 보이기는 했지만, 채마밭에 심은 푸성귀의 생명력과 토종닭의 번식력, 그리고 교회 권사인 아내의 헌금 등 일상의 소소함 속에서 무언가 죽음과 대적할 의미를 찾고 있는 듯했다.

그는 자꾸 말의 초점이 흐려졌고, 살아갈수록 죽음만이 선명해지는 것 같다고 나는 생각했다.

외국인 노동자들과 사춘기의 아이들, 그리고 돌고 도는 버스들로 북적대는 수원역 앞에서 나는 노소설가에게 고개 숙여 인사를 하고는 어디 갈 데도 없으면서 바쁜 일이라도 있는 것처럼, 마침 달려온 버스에 성급히 올랐다.

몇 정거장을 지날 때 커다란 성문이 보였고, 나는 버스에서 내린 후 성곽에 올라 한참을 걸었다. 날씨는 습했고 하늘은 무거웠다. 먹구름은 손에 닿을 듯 닿지 않았고, 땀과 눈물은 쏟아질 듯 쏟아질 듯 쏟아지지 않았다.

성문 중간에 서서, 나는 땀을 식히다 하루키의 소설 「세계의 끝과 하드보일드 원더랜드」를 생각해냈다.

"죽음이란 세이빙 폼 캔을 절반 정도 남기고 가는 것이다."

죽은 자가 남기고 가는 것은 못다 한 생이 아니라 못다 쓴 물건이라는 생각이 들 무렵, 나는 가방을 뒤지기 시작했다. 그것이 무엇이든 가방 안에 든 물건을 다 쓰고 싶어졌다. 시간이나 사랑 같은 관념은 이미 가방 안에는 없었다.

나는 리스테린 가글액을 가방에서 꺼내 입안 한가득 물었다. 그리고 더러운 말들의 항문을 헹궈냈다.

성문이 가르는 어떤 경계처럼, 나는 내 안에 두 세계가 혼재되어 서로 다른 결말을 가진 책처럼 펼쳐져 있음을 알아챘다.

이쪽 페이지엔 지금까지 살아온, 다소 힘들지만 어느 정도 익숙해진 삶이 있고, 반대로 저쪽 페이지엔 내가 살아보지 못한, 한 번쯤 살아보거나 밀어붙이고 싶은 삶이 있는 것만 같았다.

당연히, 나는 저쪽 페이지를 향해 걸어갔다.

눈 오는 지도

나는 어두컴컴해지는 오후 네 시의 창가에 앉아 청년 윤동주를 생각했다. 할 일은 책상 위에 눈처럼 쌓여 있는데, 나는 후쿠오카 형무소 창살에 갇힌 여린 시인의 마음을 들여다보고 있었던 것이다.

윤동주는 죽어가면서 무슨 생각을 했을까.
아마도 고향 용정(龍井)에 내리는 눈을 떠올리지는 않았을까.
시인을 감옥에 가두는 시대는 아직도 끝이 나질 않아서 우리는 언제까지 시린 손으로 서로의 이마를 짚어주며 살아가야 하는 것인지.

"방안을 돌아다보아야 아무도 없다/ 벽과 천정이 하얗다/ 방안에까지 눈이 나리는 것일까."
눈 내리는 창가에 앉아 나는 윤동주의 시 「눈 오는 지도」를 꺼내 펼쳐 보았다.

늦은 저녁에 내리는 눈처럼, 나의 시는 아직 갈 길이 멀다.

당신의 경제적 가치

죽은 나무를 곁에 두고 경제적 가치를 운운하는 사람들을 보았다.

언제부턴가 풀 한 포기 돌멩이 하나에도 가격이 매겨지기 시작했다. 돈으로 환산할 수 없는 것들에게조차 가격을 달고 가치를 측정했다. 강과 산, 사랑과 희망 등에도 가격이 따라 붙었다.
도대체 백만 불짜리 사랑은 무엇이고, 수십 조 원의 가치와 맞먹는 희망이란 어떤 것인가.

나의 가치는 얼마인가?

내가 받는 월급이 나의 가치라고 생각하는 순간, 머릿속이 복잡해진다.
집이 없는 사람들의 가치는 싸락눈처럼 가벼워서 변두리만 떠돌고, 새벽길 거리를 쓸고 가는 청소부의 가치는 보잘 것 없이 작아서 운전자의 시야에 들어오지도 않는 것인가?

아니다, 그렇지 않다.

싸락눈이 가벼운 제 무게로 사뿐히 지상에 내려앉는 반면, 수많은 물방울을 가진 무거운 구름은 비나 눈으로 제 욕망을 털어버리지 않고서는 절대로 지상에 내려올 수 없다.

그뿐인가. 청소부가 들었던 보잘것없는 비는 화장장에서 빈부귀천 가리지 않고 한 줌의 재로 변한 인간의 몸을 쓸어 담는다.

한 인간의 가치는 죽고 난 후에 결정된다고, 죽은 나무가 대답하는 것 같았다.

우리의 상처가 환하게 빛날 때

도시는 온통 전쟁 이야기로 뒤덮여 있었다.

누군가는 꽃처럼 총구가 열리길 바라는 눈치였고, 또 누군가는 전쟁 이야기에 잔뜩 겁을 집어먹고 꽃잎처럼 얼굴이 하얘졌다.

곪아터진 우리의 상처가 꽃처럼 환하게 빛나는 날이었다.

봄, 우리의 머리 위 어두운 하늘에서 꽃 폭탄이 펑펑 터졌다.

하얀 살구꽃이 살고 싶다고 소리치며 바닥으로 떨어졌다.

살 만큼 살았다는 노인들의 얘기가 죽어도 좋다는 말은 아니었다.

나는 안전한가?

만공 스님이 스승인 경허 선사와 함께 만행을 나섰다.

어느 산길에서 소나기를 만났으나 다행히 근처 동굴 속으로 비를 피했다. 그런데 경허 선사가 단단해 보이는 동굴 천장을 자꾸 쳐다보는 것이었다.

만공이 의아해 하며 묻기를, "스님, 왜 그렇게 천장을 쳐다보십니까?"

그러자 경허 선사가 조용히 답하기를, "바위가 내려앉을까 염려가 돼서 그런다네."

"스님, 끄떡 없는 바위가 내려앉을 리가 있겠습니까?"

만공이 또다시 묻자 경허 선사가 웃으며 이렇게 답했다는 것이었다.

"이 사람아, 가장 안전한 곳이 가장 위험한 곳이라네."

이 글을 읽고, 나는 괜스레 내 방 천장과 저 높고 푸른 가을 하늘을 자꾸 쳐다보게 된다.

다시나기, 죽은 형 생각하기

나는 윤선애의 목소리를 사랑한다. 처음, 그녀가 부른 오월의 노래를 듣다가 울었다. 돌멩이를 주머니에 집어넣고, 어느 천막 아래선가 막걸리를 마시며 따라 부르다가 또 울었다. 그 해 유월의 천막은 아무것도 가려주지 못했다. 천막은 슬픔의 망막 같은 것. 자꾸만 흘러내리는 주름, 오뉴월 한낮 햇볕에도 곧 찢어질 것 같은 당신의 마른 이마 같은.

오월이었고, 유월이 오기 전이었고, 여전히 오월이었다. 87년 5월 17일 오후, 나는 그 날 아침에 죽은 형의 시신을 돌보기 위해 세브란스 영안실을 찾아가고 있었다. 울고 또 울었다. 그러나 슬퍼서 터진 눈물이 아니었다. 마음이 슬픔을 인지했을 때 눈물은 비로소 터지는 것이니까, 그 날 내가 눈물을 흘린 건 굴다리 밑에서 뒤집어쓴 최루가스 때문이었다.

어제는 종로를 걷다가 매캐한 냄새에 가슴이 턱 막혔는데, 불현듯 그 날의 최루가스 냄새가 떠올랐다. 나는 해방을 두려워하고 타자의 억압을 방관하는 슬픈 검둥이 노예의 심정을 느끼곤 갑자기 서글퍼졌다.

일요일엔 아무도 없는 집에서 피아노 앞에 앉아 노래를 불렀다. 26년이 흐른 뒤, 죽은 형을 생각하며 나는 고작 피아노 앞에 앉아 건반이나 누르며 오월의 노래를 부르고 있었던 것이다.

간장이 가장 맑은 맛을 낼 때

간장독은 하늘을 담아두는 곳이다. 하늘에서 내린 햇볕과 바람과 공기가 독 속에 담겨 있다.

천 가지 맛이 모여 꿀이 된다는데, 간장은 짠맛 하나로 천 가지 맛을 낸다.

간장독 속에는 몇 년 치의 햇살과 여름을 지나는 바람과 발을 헛디딘 소나기 한두 방울과 붕붕거리며 가을 들판을 쏘다닌 꿀벌의 흔적이 담겨 있다.

묵묵히 몇 번의 계절을 참고 견뎌냈을 때, 간장은 제 맛을 낸다.

어디 간장만 그러하겠는가. 사람끼리의 관계도 역시 오래 묵은 사이일수록 진득한 맛을 내는 것이다.

간장은 검은 앙금이 가라앉았을 때 가장 맑은 맛을 낸다.
혹시라도 인생이 어둡다고 해서 비관만 할 일은 아니다.
지금 이 고통은 인생의 제 맛을 내기 위한 하나의 숙성 과정이라고 생각하면 될 일이다.
마음속 앙금을 가라앉혔을 때, 당신 얼굴이 가장 맑아지는 때다.

그러나 수십 년 묵은 간장은 딱딱한 돌처럼 변하기도 한다.
맑아진다는 것은, 어쩌면 가슴 속에 돌멩이 하나 얹고 사는 일일지도 모른다.

그리움이 기울어질 때

누군가 나에게 기울어오는 느낌이 싫지 않다.
지친 당신이 기대오는 느낌이 싫지 않다.

기울지 않고서 어떻게 이마를 맞댈 수 있을까?
기울지 않고서 어떻게 나보다 키 작은 당신의 이야기를 들어줄 수 있을까?

그러나 모든 사람의 마음을 다 가질 순 없다는 것을 알아야 한다.

결국, 그리운 쪽으로 몸은 기울게 마련인 것을…….

집을 짓지 않는 첫사랑처럼

내린천에 갔다.
내린, 흐르는 냇물처럼 발음이 입 안에서 돌돌 말린다.

오지란 살 곳이 못 된다.
집을 짓지 않고 떠나는 첫사랑처럼, 사람들은 그곳에 오래 머물지 않는다.

사랑은 내 마음의 오지에서 살아가고, 나는 지금 그곳에 있지 않다.
그러나 얼음이 녹는 것처럼, 얼어붙은 마음도 곧 녹아내릴 것이다.

갈라진 너와 나의 사랑도 생의 하류에 닿기 전에 다시 물이 되어 만날 것이다.

4
사랑은 돌 한 덩이, 혹은 섬 하나

안팎 구분 없는 문

폐사지에 법당은 사라지고 일주문만 남아 있다.
온 산이 법당인 듯, 울긋불긋 꽃들만 야단법석(惹端法席)이다.
저 문은 닫힌 적 없으니, 들어가고 나가는 것 또한 아무런 의미가 없다.

봄이 들어가면 여름이 따라 들어가고, 여름이 들어가면 가을이 따라 들어간다. 가을이 들어가면 겨울이 따라 들어가고 사람도 따라 들어간다.
한 번 들어간 계절은 이듬해 다시 저 문을 통해 나오지만, 죽어서 산 속으로 들어간 사람은 다시 저 문 밖으로 나오지 못한다.

훗날 당신이 홀연히 사라지면, 무엇이 저 대문으로 남아 당신의 이름을 꽃피울 수 있을까?

'산사람'과 '산 사람'이 지닌 의미

산꼭대기에 올라가더라도 누구에게나 내려와야 할 시간은 온다.

구름조차 머물지 못하고 스치듯 지나가듯, 인간이 지상에 머무르다 가는 시간 역시 안타깝기 그지없다.

올라가는 순서는 크게 의미가 없을지도 모른다. 구름도 두리번거리며 살피는데, 우리 또한 앞만 보며 걸어갈 필요는 없다.

'산사람'을 띄어 쓰면 '산 사람'이 된다. 그러므로 살아 있다는 것은 끊임없이 움직인다는 것이다.

움직이면 산 것이요, 누우면 죽은 것이다. 뜨거우면 산 것이요, 차갑게 식으면 죽은 것이다.

사람도 언젠가 '산'이 되는 날이 오겠지만, 오늘은 '삶'이 되는 게 중요하다.

나무는 외로운 사람의 전생

오래 사랑한 사람만이, 한 자리에서 오래도록 서서 누군가를 기다린 적 있는 사람만이 나무로 태어나야 한다.

기다린다는 것은 그리움이 자란다는 뜻이다.
기다린다는 것은 마음이 어디 딴 곳으로 가지 않겠다는 말이다.

가슴에 이끼가 끼도록 그리움에 젖어본 사람만이 다시 나무로 태어나야 한다.
나무는 외로운 사람의 전생(前生)이니까.

사월 대숲에 눈

사월 대숲에 내리는 눈을 바라본다.
늘어진 짐승처럼, 힘겹게, 눈을 맞으며 서 있는 대나무들의 등이 굽어 있다.

대숲에 총알처럼 쏟아지는 눈을 바라본다.
사월, 하고 가만히 불러보면 모두 떠난 사람들만 뒤를 돌아본다.

사랑은 돌 한 덩이, 혹은 섬 하나

"우리들에게는 보다 섬세한 스승이 필요했다. 예컨대 다른 바닷가에서 태어나, 그 또한 빛과 육체의 찬란함에 매혹당한 한 인간이 우리들에게 찾아와서 이 겉에 보이는 세상의 모습은 아름답지만 그것은 허물어지게 마련이니 그 아름다움을 절망적으로 사랑하지 않으면 안 된다는 사실을 그 모방 불가능한 언어로 말해 줄 필요가 있었다."

아침에 장 그르니에의 섬을 천천히 집어 들었고, 침침해진 눈을 위해 손가락으로 글자를 눌러가며, 위와 같은, 스승에 대한 까뮈의 지극한 찬사를 되짚었다.

그리고 나의 스승을 생각했다.

생각해보니, 나는 스승에 대한 어떠한 헌사도 남기지 못했다. 1주기 추모제 때 꽃 대신 제프 버클리가 부른 '할렐루야'를 바쳤고, 5주기 추모식 때는 그의 죽음을 기리며 두두물물(頭頭物物) 돌 한 덩이 무대 위에 올려놓았을 뿐이다.

"비가 온다, 비가 와도 젖은 자는 다시 젖지 않는다."

절망의 현시(顯示), 스승의 시구 앞에서 나는 언제나 비를 맞고 있다. 아직, 다시 젖지 않는 법을 알 길 없다.

그러나 지금이야말로 나의 내면과 마주 앉아 다시 젖지 않을 때까지 젖어야 할 때가 아닐까. 허위의 말들은 소멸하고, 우리의 이름도 곧 흙 속에 파묻힐 것이므로.

물은 모든 것을 기억한다

물은 모든 것을 기억한다.

물 속에 담긴 하늘이며 구름, 산 그림자며 나무를 물은 모두 기억하고 있다.

불이 모든 것을 태워 없애버리는 일을 한다면, 물은 그 모든 기억을 담아두는 일을 한다.

우리 몸에도 불과 물의 기능을 하는 곳이 있는데, 심장과 신장이다. 받침만 다를 뿐이지만 하는 일은 많이 다르다.

심장은 불이어서 우리의 사랑을 뜨겁게도 만들지만 증오로 타올라 한 줌 재가 되게도 한다. 신장은 물을 담아두는 곳이어서 그 모든 사랑의 기쁨과 슬픔을 기억하며 담아두기도 한다.

어느 날 사랑 때문에 울게 되어 얼굴이 퉁퉁 부었다면, 당신은 마음 속에 너무 많은 사랑을 담아두고 있는 것이다.

사랑의 감정을 담아두기만 하고 몸 밖으로 걸러내지 못하기 때문이다.

버리자고 말하는 감정

잘 먹는 것도 중요하지만, 잘 배설하는 것도 그에 못지않게 중요하다.

인간은 평생 동안 먹고 싸는 과정을 반복하며 살다 간다.

무엇을 먹느냐와 상관없이 변으로 배설되는 양과 내용은 다 똑같다.

배부를 때 생기는 포만감보다 밖으로 내보낼 때 느껴지는 쾌감이 결코 작다고 할 수는 없을 것이다.

버리자. 버릴 수 있을 때 버리지 않으면, 버리고 싶어도 버릴 수 없을 때가 온다.

실상사 해우소(186페이지)
삼정산 삼불사 해우소(188페이지)
삼정산 문수암 해우소(189페이지)
실상사 약수암 해우소(190, 191페이지)

새빨간 거짓말

붉은 나뭇잎은 불온하고, 이를 악문 채 시간을 견디고 있는 돌담은 무너져 내리는 뒤가 불안하다.

돌담의 어깻죽지 위로 흘러넘치던 푸른 범람의 시절은 떠난 지 오래다.

닳아빠진 문지방 하나 넘지 못하는 늙은 교만이 마지막 계절인 줄 모르고 며칠 더 담 안에 머물며 구른다.

기침 소리처럼 마당에 떨어지는 바람, 나무도 살아남기 위해서 제 몸에 물든 붉은 색을 내려놓는다. 탈탈 털어낸다.

사랑도 사람도 새빨간 거짓말, 모두 새빨간 거짓말.

후불탱화 모연문
地藏)지장보살 성지
는 고려말기(약800년 전)
제279호 금동지장보살님 후불
조성불사를 봉행합니다.

물집 같은 당신

선운사 대웅전, 배롱나무 구부러진 가지가 반질반질하다.

법당에서 예불을 드리고 나온 사람들은 아무 생각 없이 나뭇가지를 만졌을 것이다.

수많은 사람들의 손길이 지나간 자리마다 물집처럼 꽃봉오리가 생겼다.

배롱나무를 어루만지다 당신 발에 잡힌 물집을 생각했다.

새 신발을 신고 날 저문 산길을 걷다가 넘어졌을 때, 내 마음도 그만 쓸리고 접질렸던 것인데…….

사랑할 때마다 접질린 마음 하나 슬며시 업혀 오더니, 이별할 때마다 가슴에 물집 하나 아프게 잡혔다.

눈물은 아프게 쓸린 마음의 물집이 터질 때 흐르는 것.

사랑하지 않으면

사랑하지 않으면, 모든 빛이 다 소용없다.
사랑 없는 세상은 언제나 검은 색일 테니까.

지리산 바래봉 능선에 드러누운 풀을 보면 알 수 있다.
사랑하지 않으면 함께 울 수 없다는 것을.
사랑하지 않으면 함께 누울 수 없다는 것을.

그럼에도 불구하고

왜 자꾸 내가 지은 죄를 생각하게 만드십니까?
내가 아는 사랑은 오래 참지도 못하면서 온유하지도 않았더란 말입니다.

배반 앞에서 참는 것은 모욕입니다.
이제, 어떻게 살아야 할까요, 같은 질문에 답해 주지 않으셔도 돼요.

그럼에도 불구하고,

…저희에게 현세의 모든 모욕을 참아 극복하는 덕을 빌어주소서.

무덤들

다정이란, 저렇듯 곁을 주는 일이다.

존재의 부재, 당신.

낮추고 싶다는 것

저녁나절 떨어지는 햇빛은 지상의 모든 것을 엎드리게 한다.

나무도 산도 사람도 절도 모두 그림자로 엎드리게 해 겸손을 배우게 한다.

절집 기둥마저도 오체투지를 한다. 몸은 지붕을 떠받치고 그림자는 마루에 엎드린다.

고요한 절에 들어서면 나는 절을 하고 싶어진다.

굳이 불상이 아니더라도, 기둥 앞이든 문고리를 향해서든 한없이 나를 낮추고 싶어질 때가 있다.

낮추고 싶다는 건, 높은 곳만 쳐다보고 살아온 것에 대한 일말의 반성일 것이다.

돈과 명예와 종교가 그 높은 곳의 꼭대기라고 할 수 있을 것인데, 오르고 싶다고 해서 오를 수 있는 것도 아니고 설령 올랐다 하더라도 잠시 머물 수밖에 없는 것 아니겠는가.

나는 마루만 보면 바짝 엎드리고 싶어진다.

소녀의 기도

다음 생의 겨울엔
곱은 두 손으로 얼굴을 비비면
흐릿한 연기와 함께
훅, 하고 불이 피어오르는
그런 저녁이 어디선가
나를 기다리고 있었으면 좋겠어.
집 나간 엄마를 기다리는 밤,
불안과 다투는 시간이 짧았으면 좋겠어.

인생은 휴일에도 출근한다

휴일에 검은 양복 걸쳐 입고 물 위를 지나가는 구름을 보았다.
40대 같았다.

그는 이미 다 젖었다. 허름한 소매는 녹아내리고, 작은 바람에도 올 풀린 몸이 흔들리는 것 같았다.

아버지는 세상의 과녁이다. 물 위를 떠다니는 작고 가벼운 소금쟁이 발길질에도 사내의 가슴에 구멍이 뻥, 뚫린다.

그러고 산다. 당신과 나, 그리고 우리는.
인생은 휴일에도 출근을 한다.

서로 부대끼면서, 서로 의지하면서

갈대에게 상처를 주는 것은 부는 바람일까, 아니면 옆에서 부대끼는 갈대일까?

아마도 대개는 모르는 타인보다 아는 사람으로부터 더 깊은 상처를 받은 경험이 있을 것이다.

그러나 거센 바람 앞에서, 곁에 함께 서 있는 갈대가 아니었더라면 혼자 서 있는 갈대는 분명 어딘가 부러지고 말았을 것이다.
출근길 지하철이 급정거했을 때, 누군가는 나를 의지해 버티는 것이고 나 또한 누군가의 등에 기대어 버티는 것 아니겠는가?

서로 부대끼면서, 서로 의지하면서 살아가는 것이 갈대와 인간의 생존법칙이다.

생의 작용반작용의 법칙

나무를 세차게 흔드는 혹독한 겨울바람이 나뭇잎들로 하여금 모두 한 곳을 보게 만들었다.

하늘까지 닿는 바벨탑을 쌓으려다가 하느님의 노여움을 사 언어가 모두 달라져 버린 사람들을 생각한다. 그들에게 마침 공동의 적이 나타났다면, 그들이 가장 먼저 할 일은 아마도 같은 언어를 배우는 일일 것이다.

강물을 거슬러 오르는 물고기들처럼, 잎들도 바람을 거스르며 바람 속에서 매달린다.

물고기와 나뭇잎처럼, 우리도 다만 본능에 맡겨질 뿐이나 우리에겐 사랑이라는 언어가 있다.

시련과 고통을 생의 질료로 삼아 살아가는 게 인간이다.
시련도 겪다보면 나름대로 숙련이 되어, 마치 로켓처럼 그것에 불을 붙여 더욱 멀리 나아갈 수 있게 된다. 작용반작용의 법칙이 우리의 삶에도 고스란히 적용되고 있는 것이다.

작용반작용의 법칙으로 보면, 태양과 지구도 힘의 균형이 같다고 볼 수 있다.
어느 한 쪽의 힘이 커지거나 작아져버려 균형을 잃게 되면, 그게 종말이다.

사랑할 때도 힘의 균형이 중요하다.
밀고 당기는 것도 힘의 균형을 말하는 것일 텐데, 같이 한 곳을 바라보되 적당한 균형을 유지하는 것이 참된 사랑의 관건이다.

붕붕거리며 살아가는 우리는

꿀을 만들기 위해서 꿀벌(일벌)은 수 킬로미터를 날아다닌다.
꿀벌의 행동반경은 대략 4~10km로 알려져 있다.

나도 먹고 살기 위해 하루에 약 50km 정도를 오가며 이동한다.
서울에서 일을 하는 많은 사람들이 나와 다르지 않았다.

당신과 나는 돈을 벌기 위해, 꿀벌이 날아다니는 거리보다 먼 거리를, 아침부터 저녁까지 자동차를 붕붕거리며 돌아다니고 있는 것이다.

꿀벌의 수명은 50일 안팎이다.
인간의 수명은 70년 안팎이다.

사는 동안 밖에서 온갖 냄새를 몸에 묻힌 채 집으로 돌아오는 우리는 어느 날 갑자기, 돌아오지 못할 것이다.

벌이든 사람이든, 사는 동안만 아름답고 사는 동안만 비참한 것이다.

쇄국, 쇄국, 매국, 매국

1882년 임오군란, 즉 임오년의 군인 폭동으로 명성황후가 도피하자 명성황후에게 밀려나 있던 흥선 대원군이 다시 정권을 잡는다.

그것도 잠시, 명성황후가 끌어들인 청나라 군대에 의해 군인들의 폭동이 무자비하게 진압당하고 대원군도 청나라로 끌려가 4년 동안 갇혀 지내다가 1885년 8월 귀국 후 운현궁에 연금되었다.

대원군은 1894년 6월 잠시 동안 다시 정권을 쥐었지만 11월에 다시 쫓겨난 후 연금 상태에서 일생을 마치고 말았다. 그때 그의 나이 79살이었다.

화무십일홍(花無十日紅)이라, 대원군이 정권을 손에 쥐고 흔들었던 시기는 1863년 철종 사후 11살 고종을 왕 위에 앉힌 후 딱 10년간이었다.

운현궁에 검은 눈 내린다.

"양이침범 비전즉화 주화매국(洋夷侵犯 非戰則和 主和賣國)"
운현궁에 쌓인 눈은 짓밟힐 때마다 쇄국, 쇄국, 매국, 매국 소리를 지른다.

백 년 전 그 눈발, 아직도 이 땅에 내리고 있습니다.

왜 걱정하십니까

한때, 양재동 경부고속도로 근처 5층 빌딩 옥상 간판엔 다음과 같은 문구가 커다랗게 쓰여 있었다.

"왜 걱정하십니까, 기도할 수 있는데."

나는, 기도하는 순간만큼만 신의 영역이라고 생각한다.
모든 사람이 다 그런 것은 아니지만, 그래도 다수의 인간이 가장 순해지는 순간이기도 하니까.

조계사에 들러 산책을 하다가 서로 다른 방향으로 허리 숙여 기도하는 두 노인을 보았다.
살아온 길이 다르다고, 믿는 대상이 다르다고 해서 무의미한 기도는 없다.

생보다 죽음이 가깝게 느껴지는 시기는 누구에게나 온다.
아니, 벌써 당신 곁에 와 있는지도 모른다.

사람아, 혼자 흔들리지 마라

혼자 흔들릴 땐 마음 한 곳 부러져야 누울 수 있다.

그러나 같이 흔들릴 땐 부러지지 않아도 누울 수 있느니.
다시, 함께 일어날 수 있느니.

사람아, 혼자 흔들리지 마라.
혼자 눕지 마라.

비로소 당도하는 생

실연, 실직, 아픔, 질병, 중년, 그리고 노년.

결코 내 앞엔 오지 않을 것만 같았던, 다른 누군가의 이야기인 줄로만 알았던 일들이 어느 날 내 앞에 당도한다.

네버 엔딩 스토리인 줄로만 알았던 우리들의 청춘도 그예 물을 건너간다.

죽음으로 끝을 맺는 이야기의 결말이 보이기 시작할 때, 조용히 걱정을 덮을 줄 알아야 한다.

그리고 기다릴 줄 알아야 한다.

당신의 생이 비로소 저물어갈 때까지.

원 샷 원 킬, 누군가는 총을 쏘고
원 샷 올 콜, 카파는 사진을 남겼다

당신이 로버트 카파를 기억한다면, 아마도 단 한 장의 사진에 그 기억의 전부를 기대고 있을 확률이 높다. 카파라는 이름은 몰라도 총탄에 맞아 쓰러지는, 아니 쓰러지는 모습으로 영원히 멈춰 있는 총을 든 사내의 사진에 대해서는 익히 알고 있을 것이다.

스페인 내전 당시 공화국 병사의 죽음을 눈앞에서 기록한 이 한 장의 사진이야말로 오늘날까지 카파를 기억하게 하는, 사진사에 있어 가장 대표적으로 기록될 만한 '죽음의 기록'이라고 할 수 있다.

죽은 자의 일생이 단 몇 줄의 묘비명으로 갈무리되는 것처럼, 카파는 한 장의 사진으로 역사의 비극을 갈무리했다. 그것이 스페인 내전이든, 제2차 세계대전이든 인도차이나 전쟁이든 그가 서 있던 곳의 역사는 여전히 사진으로 살아남아서 우리에게 전쟁의 비극에 대해 말하고 있다.

유진 스미스가 주로 전쟁과 전쟁 이후의 고단한 단면들을 작가적 관점에서 사진에 담아냈다면, 로버트 카파는 저널리즘 입장에서 전쟁 그 자체에 초점을 맞추고 셔터를 눌렀다. 물론, 카파에게도 우리에게 잘 알려진 헤밍웨이나 피카소 등의 모습을 담은 사진들이 있으나 그들 역시 전쟁을 통해 만난 인연들이었다.

사람이 사람을 향해 총을 겨눌 때 카파는 뷰 파인더를 통해 비극의 장면을 겨누었으며, 누군가 총을 쏠 때 카파는 살아남은 모든 사람들의 주의를 환기시킬 수 있는 한 장의 사진을 남기기 위해 셔터를 눌렀다.

카메라의 등장은 기록이라는 측면에서 볼 때 이전의 세계와는 전혀 다른 양상을 보여준다. 어떤 사건을 기록할 때 기존의 수기(手記)보다 기록하는 이의 감정 개입을 지극히 줄여준 측면이 있기 때문이다. 물론, 사진 역시 어떤 식으로든 작가의 감정이 개입될 수밖에 없으며, 이러한 논란은 피사체의 비극적 상황과 맞물려 종종 사진작가들을 곤궁에 빠뜨리기도 한다. 아프리카 수단의 굶주린 아이와 그를 노리는 독수리를 찍어 퓰리처 상을 수상한 후 쏟아지는 비난을 못 견디고 자살한 케빈 카터의 사례가 대표적이라 할 수 있다.

우리는 사진이 되기 이전이나 이후의 상황보다는 사진이 찍힌 그 순간의 상황에 몰입되기 십상인데, 그러나 사진을 한 쪽 측면에서만 접근할 때 사진에 담긴 사건 자체가 왜곡될 수도 있다.

고리타분하게 새삼 사진의 역할에 대해 중언부언할 생각은 없지만, 나는 한 장의 사진이 세상을 올바른 방향으로 이끈다는 생각을 갖고 있다. 카파의 사진이 편집자나 국가 권력에 의해 프로파간다 측면에서 활용되기도 했다는 지적도 있지만, 우리는 여전히 카파의 사진을 통해 전쟁의 비극을 상기하고 있다. 이러한 사진의 기능이야말로 오늘날 사진이 그 어떤 예술 장르보다도 '사건' 을 기록하는 가장 유용한 수단임에는 틀림없어 보이게 한다.

종군기자가 남긴 어떤 죽음의 기록들

내게 로버트 카파 100주년 사진전을 한 마디로 요약하라고 한다면, 나는 '어떤 죽음의 기록들' 이라 말하고 싶다. 마흔한 살, 길지 않은 인생을 카메라와 함께 살다 간 그는 수많은 죽음을 목도했으며 그것을 기록으로 남겼다. 전쟁의 마지막 순간에도 사람은 죽어간다고 그는 말했지만, 사실 전쟁은 끊임없이 반복되는, 시작과 끝이 없는 일종의 뫼비우스의 띠와도 같다고 할 수 있다. 지금 우리의 정치적 상황만 보더라도 전쟁의 후유증은 현실에 적지 않은 영향을 미치고 있는 것이다.

전쟁은 또 다른 전쟁을 부르기 마련이다. 이 끝없는 전쟁의 틈바구니에서 카파는 끊임없이 전장을 누비며 죽음을 기록했다. 결국 지뢰를 밟아 끝나버린 생, 자기 자신의 죽음마저도 전쟁이 만든 어떤 죽음으로 기록하면서 인간을 비극의 한가운데로 내모는 자들의 실체를 사진을 통해 인식시켰다.

대개는 사건이 그대로 사진이 된다. 하지만 한 장의 사진이 하나의 사건이 되는 경우가 있는데, 그것은 말 그대로 '결정적 순간' 이 되기도 한다. 6월 항쟁의 결정적 도화선이 되었던 정태원 기자가 찍은 피 흘리며 죽어가는 이한열의 사진이나 스필버그가 만든 영화 〈라이언 일병 구하기〉의 인트로씬 모티브가 되어 준 카파의 노르망디 상륙작전 사진 등이 그것들이다.

전쟁과 죽음에 대한 기록, 그리고 비극의 환기. 그것은 전쟁의 비참을 알리는 가장 명확한 방법이며 카파는 그것을 사진을 통해 실천한 진정한 저널리즘 사진작가였다.

"만약 카파의 사진이 이해되지 않는다면, 그것은 당신이 카파의 사진에 충분히 다가서지 않았기 때문"이라고 말하고 싶다. 당신이 카파의 사진에 가까이 다가설 시간은 아직 충분하다.

|후기|

사진 한 장에 담긴 시의 얼굴

열네 살, 소년은 무슨 상을 받게 된 아버지의 사진을 찍기 위해 처음 카메라를 손에 쥐어보았다. 작고 귀여운 올림포스였다.

필름을 끼우고 찍고 돌리며, 소년은 그것이 마치 기억이 감기는 것 같다는 생각을 했다.

처음 받아든 인화지 속에는 사물의 표정과 몸짓이 담겨 있었다. 상장을 들고 자랑스러운 표정으로 의자에 앉아 있는 아버지와 울음이 터진 조카의 비명 소리, 빈 들판의 야윈 듯한 굴곡이 거기에 있었다.

소년의 방에는 미군부대에서 흘러나온 것으로 추정되는, 《라이프》지에 실린 사진을 오려서 만든 액자가 걸려 있었다. 누구의 작품인지는 기억나질 않는데, 사형이 집행되기 전 사형수와 그의 연인의 모습을 찍은 사진이었다. 책상 앞에 앉을 때마다 사형수의 기분을 어렴풋하게나마 느낄 수 있었다. 생각해 보건대, 그 사진 한 장이 사진에 대한 단순한 호기심을 넘어 소년의 문학세계 형성에 적지 않은 영향을 끼친 것 같다.

스물여섯 살, 제대하고 잡지사에 취직했다. 사진을 전공했다는 여자 사진기자와 취재를 다니곤 했는데, 어느 날 그 사진기자가 독일 남자와 결혼한다며 갑자기 독일로 떠나버렸다. 그때부터 취재부 막내였던 내가 사진을 찍고 다녔다. 카메라는 니콘과 미놀타였다. 어찌된 일인지 잡지사에서는 더 이상 사진기자를 채용하지 않았다. 나는 그때부터 두 가지 일을 하고 다녔는데, 싫지 않았다. 이제야 고백하지만, 취재 목적 외에 나름대로 작품 사진을 찍으러 돌아다니기도 했다.

막 디지털 카메라가 등장하던 2000년 초, 하이엔드급 카메라를 손에 넣었다. 필름을 쓰지 않아도 됐다. 뭔가 아쉬웠지만 편했다. 필름 걱정 없이 사진을 찍을 수 있었던 반면 버려지는 사진도 많아졌다. 기억을 지우는 행위가 일상화되면서 생각 없이 사진을 찍고 있다는 반성을 하기도 했다. 사진하는 자들의 아지트였던 SLR Club, Ray Soda, 디시 인사이드 등에 사진을 올리기도 했지만 이렇다 할 기억을 남기진 못했다.

몇 해 뒤 첫 시집을 출간했고, 그 시집으로 신동엽 시인 유가족과 창비가 수여하는 '신동엽문학상'을 받았다. 그때 받은 상금으로 디지털 카메라 바디와 렌즈 한두 개를 구입해 지금껏 들고 다니고 있다.

사진은 이제 생활 속에서 일상화됐으며, 타 예술 장르와의 구분 또한 무의미해지고 있다. 몇몇의 소유물도 아닐 뿐더러, 작가주의를 고집하기에 세상에 숨어 있는 고수들이 너무나도 많다. 나 또한 얄팍한 기교를 부릴 때가 적지 않지만, 그래도 그 안에서도 무언가 담아낼 수 있었던 것은 늘 사진과 시를 함께 생각했기 때문이었다.

사진도 사진이지만, 사진을 글을 통해 나름대로 사유하면서 건져 올린 메시지를 전하고 싶었다. 그것밖에 없다. 그래도, 그것이면 족하다.

박 후 기